WU YU WU JIAN

物语无间

任锡平◎著

国文出版社
· 北京 ·

思考是构建思想的基本方法

序 言

　　我将 2020 年 1 月至 2021 年 7 月创作的部分诗歌整理成集，取名《物语无间》，与以前出版的《心语依旧》和《碎语有声》一起，合称"三语集"。

　　朋友问我："现在几乎没有人读诗，你为什么写诗？"说得很现实，问得很直接，我一时还真不知如何应答是好，只好微笑了之。直到准备出版这部诗集时，我才开始边整理边对这个问题作了思考。

　　其实，这部诗集本身就已经回答了这个问题，或已经直接、间接地提供了回答这个问题的线索。

　　诗，出自生活，出自生活中的点点滴滴，表现生活给我们带来的喜怒哀乐。从宏观到微观，从意想不到到情理之中，处处都有诗歌的印记。

　　诗歌的魅力就在于引发我们的思考，让我们理智地去看待周围发生的一切，理解事物的过程，去完善自己的思考，用自己的思考过程，去辨识事物的存在。

　　诗歌，似乎就是诗歌本身的事，即用字、词、句、行、段等来表现的一种文学形式。喜欢这一形式的人，尤其是当代的年轻人并不多。他们更多的是喜欢影星、歌星，我认为没错，那些明星确实给我们带来了快乐，但一味追星，甚至到了失去理智的地步，我们就会失去心智。另外他们还喜欢流行物，追求时尚。那些东西，在大街上、商店的橱窗里、产品的广告上，随处可见，随时可得，没有多大的价值，其生命力也有限。而诗歌所呈现的内容和意境却丰富多彩，往往蕴含着深刻的思想和人生的意义——可能是诗人的，也可能是读者的。不同的读者在读诗的过程中会有不同的感知，与大自然，与诗人，与诗歌产生共鸣，是思考所至。如果没有思考，是不可能上升到这层境界的。

现在的人们很少去读纸质书，读诗更是难得。这种现象，涉及诸多方面，其中有社会发展的必然因素，如科技产品（网络、手机等）涌入我们的日常生活，"划屏"改变了我们获取信息和阅读的方式。手拿一本书，坐下来，静静地一页一页地翻读，似乎已成为对过去的回忆。人们在意的是，随时随地打开不离身的手机。微信朋友圈、群聊、新闻、广告、视频、图片以及游戏等铺天盖地，无论我们喜不喜欢，同不同意，就在手机屏幕上，无时差地传播着。

平心而论，且不说手机极其便利的通信和交流功能，也不说在低头看手机的人群中，确实有很多在用手机完成他们的工作，但在大多数情况下，我们打开手机，就是手指的划动，除了满足视觉的快感外，我们又能获得什么呢？即便获得了那些信息，又有多少可信度和可用的呢？我们都明白，"划屏"绝不会有读书过程中那种翻书页的意义。

手机几乎 24 小时充斥着我们生活的每一个角落，留给我们面对面的交流和思考的时间少之又少。然而，我们在碰到问题和处理问题时，往往表现得易于冲动，过于极端，甚至随心所欲，不计后果；在思想领域又显得如此苍白和平庸，还可能掺杂着很多迷信的色彩，易轻信，或从盲目到盲从，缺少自信、自强和自胜的意识。

简单地说，缺的就是我们自己的思考。

从小学、初中、高中，最后到大学，一路走来，我们获得了什么？知识，必然，否则，那么多年的学校生活就白过了。很多人认为，是为获得文凭。其实，它并不是我们一生中最重要的东西，也不是想象中的那样是一张可决定我们工作和生活品质的证书。换句话说，它只是长期搁在抽屉里的一张纸而已。最重要的是，我们从这张纸里应该获得为人处世、思考和处理问题的能力，辨识美丑善恶的能力，以及继承和发扬传统文化的责任和担当。

我们的文化，源远流长，赓续了几千年，造就了一个伟大的文明国家。纵观近现代历史，我们是多么的奴弱，受欺，挨打，还要赔钱，割地，新中国成立后，那种状况已一去不复返，我们从站起来到逐步强大，有了"敢教日月换新天"的豪气，但并没有强大到像网络上有些人信口开河的那样，我们已经强大到成为世界第一了。这是一种麻痹我们意识的阴谋。即便在某些方面我们步入了强大的行列，但总体上，尤其在思考层面上，或者说，在一种真正从内心勃发的、富有理性的民族精神层面上，我们还有差距。再者，我们的发展和强大是为了我们自己的国家和人民，根本无须与他国相比。做好、做强自己，到那时，有谁还敢动不动就想对我们制造一些事端，诋毁我们国家和民族的形象。

我们生活在当下，当今的生活环境决定了我们的生活方式。

这都是从过去延续和发展而来的，没有过去的存在，就不可能有今日的存在。我们不能将那个存在与这个存在相比，也不能将过去的存在与现在的存在相比，它们都属于自己的时间和空间。过去存在过，不等于现在也必须存在，或必须抛弃、否定。我们要让世界明白，有些事情如我们受辱、被欺的过去是永远不会被忘记的，而且必须世世代代铭记在心的。

过去的存在是现在形成的始源，无论它是积极的还是消极的，它们推动了社会的进步。没有过去的存在铺垫，又从何处去谈当今社会的发展和我们现在的国泰民安、丰衣足食。

世间存在的一切皆有缘，我们属于这个世间，但这个世间并不单单地属于我们，还有万物，我们与万物共存，共享阳光和月光，共享白天和黑夜，共享春夏和秋冬，我们的生死与草木的盛枯是一样的，都是以各自的存在搭建生命的形式。

我们用诗歌与自己交流，与万物交流，抒发情感，传递情感，达到对现实生活的认识和理解，以便更好地体念我们的生活环境和生活品质。这种方式就像是在翻译生命进化的密码，续存着巨大的能量，同时，也给我们诗歌创作提供了无限的题材。

诗歌是一种文学形式，更是一种对生活意义的张扬。

写诗，是一个孤独的思考过程；思考，是完成这一过程的孤独行为。

我写诗，是因为我想把看到的、听到的、感觉到的那些东西，物世间与人世间的那些东西，阳光里和黑暗中的那些东西，心灵深处和形体表面的那些东西，用诗的形式体现出来，与读者共享。这是一件让我在诗歌创作中感到无比满足和欣慰的事。

我写诗，是让我对真诚和信任怀着返璞归真的期望，也让我看到了善良且理智的人们，在为美好的梦想而努力。

在诗歌创作和欣赏的实践中，我要感谢欧阳昱先生，他让我加入了"原乡砸诗群"，在这个群里，让我对当代诗歌增补了很多新的认识。在群里评判诗的过程中，最让我记忆深刻的两个字就是"创新"。诗歌要创新，无论是诗歌的形式，还是内容，无论是创作手段，还是文字运用，无论是思想的表达，还是意境的呈现，都让我受益匪浅，同时更坚定了我对诗歌艺术和诗歌审美的追求。

诗，是思考的构架，是思想的结晶。我真诚地希望我的这部《物语无间》诗集能给读者带来更多的思考。

正值这部诗集出版之际，我首先要感谢的是我的朋友们，正是他们的支持和鼓励给了我创作的信心和源泉。

最后，我要对杨罡先生为《物语无间》这部诗集的修改提出的宝贵意见，以及为出版这部诗集所做的工作，表示由衷的感谢。同时，对出版社出版这部诗集，也表示诚挚的谢意。

任锡平

2024 年 3 月 常州

目 录

第一辑

在天地的缝隙中

醒

思
幽幽
常贯通

想
冥冥
无底洞

而今
思想重启
我当其中

一粒光

从眼珠里
流出，落地前
圆的，落地后
碎了
每一颗碎粒
像一盏小灯
在黑的包围中
闪亮

光的碎片

夜，高调降落
屋里透出的灯亮
就像是，黑夜被戳破后
留下的
一个针眼

微弱的光
从针眼口溢出
还未来得及伸展
就被黑色的巴掌
拍碎

黑，不是纯黑
是一种带着深蓝的暗光
我发现，我的双眼
正在暗光里
搜寻

是光，总会亮

夜的黑
黑得很深
只有微微的，一点星亮
零散地
在天地间浮沉

其他，什么都看不见
视觉成了未知的方程
那就闭上，能看见的眼睛
打开东方的门帘
等早晨

被光刺中

即便有树木遮挡
还是未能避开
穿透枝叶的光
如同一把长剑
刺中头顶和肩膀

几道血印,很长
没有裂开,我
不敢造出声响
生怕惊动雷雨
带来更锋利的电闪

视线

光，给了我两只
小小的眼睛
我将它们放入夜的中心

厚厚的黑
犹如一堵雾霾的墙
里面尽是足印

我将视线磨成剑形
刺穿那堵墙
没有半点怜悯

夜路

我用眼睛
擦亮地上的路
正巧有很多
迷路的人
要从这里经过

无辜的眼睛

我折回，想拿回我
留在那边石块上的眼睛
怎么也走不过去
这明明是，我过来的路
被一条小河拦腰截断
想跨过去却又抬不起腿
想游过去却又进不到水里
对岸，很多
面孔模糊的男男女女

懒懒散散
迟缓地
来来回回
我摇动着手臂
硬是没有一个转过身
朝我的方向走来
我冲着他们

拔开嗓子
声嘶力竭

一只黑白相间的巨鸟，不知
从哪里来，在我头顶掠过，直向
那块放着我眼睛的石头而去
像是故意让我知道，也像是挑衅
它的目标，明显就是我的眼睛
我满头大汗，想拦住这只鸟
就差那么一点，我跺脚捶胸
急得快要疯的时候
灯亮了

换脸

我翻开相册
过去的我，看着
现在的我，说：
"看你，活成这样
要不，我们对换一下？"
"不行。但是
可以换个面孔。"

我

看不到自己
是因为我
将自己放进了
自己的影子里

我的

这边的
天下
我是老大

空气是我的
想呼，就呼
想吸，就吸

花草是我的
树叶是我的
它们腐烂的身躯是我的

吹来的风是我的
落下的雨是我的
风里雨里的伤痛是我的

东南西北是我的

篱笆石头是我的
飞走的、着落的蝴蝶是我的

落日是我的
黑夜是我的
可以睡到天亮的大床是我的

太阳是我的
白天是我的
光芒照到哪里哪里就是我的

春夏秋冬，是我的
我解开衣扣，敞开心胸
尽管季节从来没有记住我的模样

镜中人

对着镜子
有些惶恐
鼻子、眼睛
全身的器官
和我长的
都相反
镜子里面的我
是我吗

在天地的缝隙中

不像鸟，会在空中飞翔
不像树，会从地表深入
一个个白天和夜晚
醒了又睡，睡了又醒

高速路上的呼啸
越过城市和荒原的桥梁
编织着无曲的畅想
地平线是一排扭曲的围栏

没有理由的季节轮换
为死亡与新生、忙碌与清闲
分配着时间纵向的片断
走着踏实的脚步，去菜市场

云块和山巅碰撞的气浪
用低声向高声对抗

插入，时而变调的音响
年月在横向的意识中被遗忘

这是自由放逐的流浪
我在天地的夹层中支撑着双腿
用一只手拦住升起的太阳
另一只手剥开满脑的锈斑

城墙

高高的城墙
挡不住千年的气场
墙面的斑驳
勾勒着
千年固化的模样

墙土，埋了千年的深
墙砖，压着千年的沉
曾经的马蹄
踏过刀枪与火光
也踩过萧条与繁荣

走上城墙，结实厚重
与天之间，感觉到了
千年的力量
就在脚下
汇集

自赎

同路的人
低着头
步履匆匆
口罩盖着愁容

在他们的夹缝中
我前行
一肩重负
一脚前程

走一段
歇一阵
途中常自省
罪孽忧恐

历经城乡荒野
忽然山水清秀
当已卸空
一身轻松

最后去处

我不怕上天堂
天堂的路上
有柔软的云朵
多彩的阳光
还有飘飘然的体验

我担心下地狱
地狱的阴暗
布满了尖刺
或钩在烤架上
火烧火燎的哀号

活着

阳光照着

我的头

落下的投影

刻在了地上，如同

一枚印章

我暗暗自喜

这就是证明

我还活着

躲

躲，朗朗的白天
躲，落到
身上的日光
将肌肤焦灼的痛感

躲，人群聚集的广场
躲，嘈杂
无序的音响
冲着耳朵不停地震荡

躲，对面楼墙上的窗户
躲，刻在
玻璃后的人样
如一把冰刀砍伤我的目光

躲，时不时的骚扰电话
躲，分分秒秒

闪出的邪念
忽悠善良受骗上当

躲，道上竖着的路障
躲，越过警示
急匆匆，冲
来的脚步，肆意践踏

躲，落在我影子上的网络
躲，网着我
喘不过气的
那种亡命呼喊

没躲过

躲进自己的衣裤
走上街
悄悄地穿过人群

连阳光都没有察觉
我，就在他眼皮底下
高楼的阴影里

望着袒露胸脯的天空
等待夜幕的降临
趁着全黑，回到屋里

没想到，一盏灯
竟把我，从头到脚
扒得精光

放下

那座山
很高
我一直想翻越
好多年了
如今有闲时
脚却难以迈步了

喜欢穿的
那双黑色牛皮鞋
那时很贵，很时髦
踩过探戈和快三
现在我只穿
软底的跑鞋

老宅后院
有棵柿子树

每当柿子快要成熟

鸟来了，赶也赶不走

索性，让它们吃个痛快

我，一杯清茶，等日落

那条河

似流动的诗句

我欲将自己

变为诗句里的小船

靠岸时，我把我的名字

留给了船桨

儿女

长大了

有自己的路

时时的牵挂与担心

又能怎样

不如让他们自由飞翔

剧本里的人物

让他们

在剧本里纠结

爱恨多少，无论繁复

我庆幸，我的情感
不在剧本里

志未酬，又何妨
只要醒来是早晨
太阳还升起
就不愁
月光来时
还有好酒

昨天读的书
在桌上
还剩最后一页
是否要读完，不重要
我自己的篇章
也写到了结局

脚手架塌了

即使，臂膀，软如棉绳
我不恨它，伸不直
还有，一双脚板
可踩住结实的
大地

即使，腿，膝盖处折断
我不怨它，站不直
还有，两只手掌
可抓住太阳的
光芒

替身

那天，天气
不冷不热
不明不暗
我走上街
在人缝里，遇见了
比我
还要我的影子

迷失

白天
看不见自己
是因为
人山人海人墙

夜晚
看不清自己
是因为
黑影黑幕黑暗

临时停留

红灯亮时
都停在了路口
像是对自己的所为
做一次反省

绿灯亮时
统一地迈开了脚步
像是隔离消除后
走出围栏

这种节奏性的随机审查
不是针对我，我只是
碰巧，站在那里
临时停留

让道

我在漫步
风在身后
不停地催促
"快走，快走"
我90°转身
让开道
说
"你请先走"

地面裂开一道口子

视线弯弯曲曲
从眼皮的缝隙掉了出来
正好掉进地面
一道弯弯曲曲的口子

有人经过跨了过去
更多的人弯弯曲曲地绕过
还弯弯曲曲地回头
望一眼

我弯曲着上身，从缝里
拔出，弯弯曲曲的视线
铺上碎石沙土，压平
像伤口愈合后留下的疤痕

不是我踩塌了路

可能是
我走错了方向
无意识地
像他们一样
踏上了这条路

路，本来就是
让人走的
既然如此，它
应该能承受得住，多我
一双脚的分量

无须愁

此身生
纯偶然
亦如万物
自然长

经风雨
走世面
何必在意
路长短

无静

静下时
总会感觉到
空，那样的声音
在耳边萦绕

无论街上
还是村野
即使深更半夜
一只蚊子飞过

沉睡
也会被
自残式地
搅醒

心境

寂静时
静得能听见
阳光在地面上的呼吸

喧嚣时
嚣得能看到
尘土被吹醒的狂躁

蓝调

以深沉的节奏
低头
听忧郁的
寒冷的大海
沸腾

以高贵的自由
抬头
看永恒的
变化的天空
延伸

蓝空

云，昨晚睡得
一动不动
还未醒
几只鸟在追逐
隐入高空
天的色
蓝了我双瞳

明智的选择

有条信息说
"将来99%的人
会变得愚蠢
只有1%是聪明人"
倘若真是那样
1% 如何对抗99%
或反过来，又会发生什么
我认真地想了想
总觉得不对劲
99%和1%
相处同一个时空中
这1%的聪明人
能有多聪明
俗话说："矮个中选高个"
就是这个意思
我决定
到99%的人群中去

"智"者

愚问傻
"谁智？"
傻咧嘴说
"你知。"

愚晃脑
暗喜
称著名大师
名声大噪

傻转身
偷吃了一页
文豪书纸，从此
语出惊人

知

知之
知之知
是知

之知
之知知
虚知

无知
未知
何以知

疑知
或知
亦求知

已知

想知

似可知

天知

地知

实为人知

传承

躯体里淌着
数千年来
流到今天
还会流向
明天的一条
血脉

失落

夜中行
抬头望，星
去了月城

只好返程
脚步顿地
"通"一声

身落水
蛙离去
池边无人影

失重

不小心
从思想大楼的
高层，跌落
在跌落的过程中
风，轻轻地
将我托起

没有面子也罢

我的脸被光影切割
没有眼泪，没有血
呼吸，落到地面
无声，无挣扎

我纵然，想
脸，既然已受伤
那就昂起头颅
管他谁说"死要面子"

话有规则

他从来不说，雌话
她从来不说，雄话
它从来不说，人话
它从来不说，话

从来的从来
大概是
电影里说的话
叫"真实的谎言"

真实
是假的
谎言
是真的

都是他她
学会了，对他她

说他她们
爱听的话

可怜的，是它
没有学会，对他她
说他她们的
人话

而，它
不是不说话
无声地，说了
与他她不一样的话

其实，明白
话，本身
也会说话
有声音为证

疑问

可能是判断

偏离了逻辑

一个肯定句式

没有说明

诚信，竟然

会对人品发起攻击

由于忽略了行为的审视

眼下的诸多矛盾

或似看不见

却能听得真真

难道是

视觉发生了变异

K歌

想让自己
变成不是自己
嘶声K歌

你不疯狂
谁疯狂
斑斓的灯光

得失

娱乐，玩激情
让你成为别人
糊涂精神

静思，忘所以
让我发现自己
净化心魂

起程

我将祖辈
留在土里的
脚印，挖出
扎紧鞋带
朝着同一个方向
走去

低调

不肯定，他
是不是在示弱
但肯定，有人想
称大

做好自己，何必
去管，别人怎样
自胜者
自强

舍脑取义

我站在路中间
思考，难道不要命了吗
从两个方向，疾驶来的车
偏偏从我大脑，穿过
撞落，一地脑浆

原味

我闻到了
土壤的涩味
空气里的清淡味
水里的无色味
植物呼出的绿味
还有成熟时
荷尔蒙，组装的
人味

深夜

睁着裸露的眼睛
看见黑洞的中心
有只小鸟
比光还亮

没有黑夜

倘若有个
通缉犯
躲藏在黑暗中
我就去
拽住太阳
让光明
留在天空

独行沙漠

茫茫的黄
层层的沙
我漠然
想独自闯进
最炎热的中心
传说中鬼雄
出没的地方

沙漠

沙，空漠，阳光下
匍行在酷热与干旱间
将白日傲慢地烧烤

它是个无情的杀手
搜索着每一个被烫伤的脚印
在荒芜的门口截杀

沙力

沙，隆起

一条起伏的曲线

光，让北向的影子

潜入沙市蜃楼

在楼顶，遮住太阳

怅然，欣然，还能认出

被沙掩藏的骸骨

一半在沙里

一半在沙面

静变

我将
吹来的风
装进胸前的口袋
抬头，看到云
在天空
等待

水，流出了血

雨后，热了起来
有穿短袖短裙的
也有穿长衣长裤的
我随着人流，步行

高楼围起来的广场
蓄了看上去满满
一池的水
蔚蓝色

与大海，不一样的蓝
没有大海那么深沉
很多人围在边上
没有人下水

水池的上面很空
没有悬挂秋千的地方

是天降的，从很高的那里
荡下来

划过水面，"哗"一声
似把大砍刀，狠狠地
将平静的水面破开
水，向两边，45°喷出

又回到水面，平静了
死一样的平静
下一次的喷出
即将开始，或许就是

围在边上的那些人
想看到的，被划开时
水的血
白色的

在轮椅上写诗的女人

她
用自己的双腿
让别人站了起来
接着用手转轮椅
为落在地上
没有腿的影子画了
一只太阳的脚印

无脸人

夜，模糊的，很静
我被一种窸窣声闹醒
是从卫生间传出的
很难判断
说的是什么口音
或是什么声响
混乱，嘈杂
里面不止两个人
似乎很多

我感到了恐惧
侧过身，朝着那个方向
大声呵斥
却怎么也发不出声
只是在嗓子眼
"吼吼吼"地吼
它们一下子

像蹿又像飘，到了客厅
动作迅速，敏捷

一共四个，形状怪异
脸是一张皮
没有眼孔鼻孔嘴孔
它们挤在一起，似动非动
我紧紧地握住拳头，向它们挥去
慢慢的，软软的
就差那么一点，够不着
它们，一溜烟，飘进了墙角的缝里
消失了，无影无踪

剧中人

真想当个演员
成为英雄，成为明星
精美的剧照，广告代言
很酷，很帅
有很多钱，有崇拜我的人
那些，不算什么
重要的是，我不会死
不管什么样的死法

被刀砍死被子弹击中心脏
老死病死站着死躺着死
写剧本的人可以编出
无数种结局
让我死后，再活出来
或，导演一句话
我就会永生
想死也难

"剧"说……

开炮的死了
被炸的活着

要说，可能
不可能的
还是可能有可能的
炮弹击发时的震波
震碎了心脏
开炮的人，死了

要说，例外
是例外的例外
成了例外的
炮弹，身边爆炸
弹片，硝烟，过后
被炸的人，活着

退货陷阱

对商店服务中心的人说
"我要退货。"
"不能退。"很干脆
"不是承诺无条件退货吗？"
"你已拆开包装，
不能退了。"
"不拆开包装，我怎么知道
你这货与广告上说的不一样？"

她对"无条件"的理解有问题
我努力地向她解释，徒劳
她比任何一个买她货的人
都要理解得透彻，"无条件"
不是对货的承诺
而是对钱的约定
是无条件地绑架诚信

寻思

从书架
抽出一本书
厚厚的灰尘
就像散架的文字
乱堆一桌

我小心地捡起几粒
放进嘴里
感觉到了片言只语
但不知何以读音
无序与残缺

我拍打书的封面
看见了，那种
撞得
零零碎碎的
思想

消失的背影

从安检机的
另一端
提起背包
在背上肩的
那一刻
我将背影
塞进了包里

钓鱼

我抛出鱼线
鱼不上钩
几个小时过去
水里没有动静
我看着河岸的风景
默默地嘱咐自己
钓大鱼，要耐心

我收起鱼钩
换个地方重新抛下
向河里撒些鱼饵
我站着，静静地等待
上钩了， 我拉直鱼线
它在挣扎，很重
是条深潜的大鱼

打车

半夜，我拨通了
出租车司机的电话
"师傅，我已等在门口了
你的车在哪里？"
"停在离门口不到
10米的地方"
"哪一辆？"
"黑色的。"
我扫视了10米开外
顿觉疑惑
眼前的车
全是黑的

像似

节奏
似又不似的雨声
我在聆听时
湿了全身

窗户
似又不似的画景
我在景中，挡住了
山水树林

枝条
似又不似的拐棍
我用它，　将一轮
圆月，架上了天空

夕阳
似又不似的日落

我在露天，望着一束亮光
在我头上划过

夜晚
似又不似的黑暗
我走到尽头，看见太阳
正在起身

阳光
似又不似的透明
哪怕是一粒沙尘，也会
在它的照射中，现出原形

我会晚点到

你先去
将那里的门窗打开
我会带着阳光
随后就到

第二辑

我是时间的时候

过客

天色茫茫
雨，越下越大
落到了头上，身上

一个站在我身边的
低着头
像一尊街头雕像

一个背着双肩包的
绕过拐角时
回头看了一眼撑伞的姑娘

道上的车
呼啸而过
溅起轮子穿过雨的声响

骑电动车的

赶着时间
在慢车道上穿行

前面的红灯
在闪
6 5 4 3 ⋯⋯

刹那间
人如潮水
冲向马路对面

唯独刚才
落到脚边的叶子
还在原来的地方

路过

估计已走了三分之二的路程
目的地就在前面，某个地方
我疲惫，体力下降
一股清风吹来，那边
有家商店
原本想进去的念头
马上就被打消了

商店门口，　外面
一张长的旧沙发，靠墙放着
五六七八个，老人
有的双臂交叉胸前，躺坐着
有的闭着眼睛，直伸着腿
有的站在旁边，说着什么
悠闲，自在

或许，他们闻到了那股清风

或许，我的脚步惊扰他们
突然间，他们停止了说话
所有目光
向我投了过来
我，面带微笑，转向他们
像检阅一群老兵

等

路边
一间旧的矮平房
一张褪色的木制双人椅
一位古董似的老太太
棕灰色
紧贴骨头的皮肤
没有光泽
脸上满满的皱纹
没有表情

马路中央
一道白线直直地延伸
她不感兴趣
静静地坐着
左腿压着右腿
细细的手指
交叠着，搭在膝盖上

眼睛，望着天空
她在等

我放慢了脚步
就差，一点停下来的勇气
黑色轿车呼啸而过
气流卷走了地上的那片叶子
落在不远的公交站台
两位年轻女士在谈话，带着笑声
我转过身
那老太太还像刚才那样
眼睛，望着天空

书法

横竖呼风
点划唤雨
粗细相以入
形影听声来
刚烈
不输绵柔

写诗

疯子用筷子夹住了文字
又用汤碗盛满了句子
疯子在睡醒的时候说了许多
脑子想不出来的很有意思的疯语
像一个不小心打翻的酒坛
流出的一空气的酒香

将电子书塞进书架

我注意到了
你注意到没注意到的标符
繁衍着光投射的字迹
省去了笔记的思考

我关闭电子书的屏幕
塞进书架，夹紧
让时间重新排版
数日后，我抽出

犹如刚上小学
翻开第一本书
油墨的味道
从文句里面渗出

沿着笔尖
在字里行间
留下了一道道
线条与记号

淘书

路边的地摊
摆着很多书籍
我从一堆书里
翻出一本，封面
已破烂的旧书
"这本多少钱？"
"二十元。"
"封面也没了，
给我打点折。"
"不打折，
你是来买书的，
不是买封面的。"

湿书

收到，快递来的
书，已被
雨，淋湿

湿，成了书的
雨季，从封面开始
每一页都在下雨

一粒粒定位的标点
和一块块四方的笔画
象声，象形

我分辨出
雷鸣和电闪
在泡涨的纸上回旋

进入逼仄的空间

字音

词语，被水沉淹

趁湿软

我捏住文字

挤出它们的偏旁

让那些字句

无依无靠

游离书海

读书人

闲来好心情
一杯茶水
几页书
言论天下
才华激扬
惜风云飘摇又不测
苦有一腔斯文

诗词文章
绝字妙句
思考在其中
杀万劫
渡万物
若负今世，妄为人
书中有述

开门

我独自坐着
将书翻到，上次停住的
页面，继续往下读

"他关上门，像平时那样
一个人，泡好一杯茶
屋里屋外，静无声息
只有那盏小灯
闪耀着光亮
跟随着他的身影
走到桌前
拿起昨天
没有读完的书
坐上沙发
书，刚要打开
门上传来，几下
笃，笃笃……"

我放下书……

高考成绩下来后

一大早，我还在睡眼蒙眬中
就听到，隔壁阿姨
和我妈在聊天
阿姨的声音压得很低
说，"你的姑娘考得好，
我姑娘没考好，
只能进二本大学了。"
"一本二本，一样的。"

我妈嘴上说着
心里却为我
考出的分数美滋滋的
文科，理科，云云
我懒得听下去
闭上眼睛
狠狠地
睡到了晚上

填报志愿

昨晚，老爸拿回来
一厚叠招生简章
这个大学的
那个大学的
录取分数线，专业
老妈拿着笔，在上面
圈圈画画，勾勾叉叉
研究到半夜

早上，太阳
来得很亮，阳光
穿过窗户玻璃
将我的身影
推到了桌上，那堆纸上
像是在说
去吧
就那所大学

我是被抱进大学的

按高考分数线
我填报了大学
就等录取通知书
爷爷奶奶要我，上大学前
去看望一下
小学的张教师
我问："为什么？"
爷爷说："还记得不？
刚上小学时，你不肯进学校，
是张老师来到校门口
把你抱进学校，一直抱进了教室。"
当时幼小，记忆模糊
一晃，过了十几年
感觉到，似乎就是那一抱
将我抱进了
今天的大学

小学片断

放学后
常去那条小河
捡起石块扔到对岸
鸟惊飞，瞬间
消失在附近
草丛里，蓝天里

大雁南飞
一会儿一字
一会儿人字
未等数清有多少
就已远远地
飞离了我的少年

那时，在中学

把毛毛虫
偷偷地
放到女生的书包里

去树林
探秘各种落叶
夹在书里当书签

翻越铁路围栏
在一根铁轨上
比谁走得更快，更远

夏日晚上，拿着一把蒲扇
数星星，看月亮
我们争吵了，吵了一身汗

为何事，想不起来了
第二天，上学路上
我们分吃了一块大饼

太阳会抽烟吗

夹着卷烟，打开窗户
天空飘满了
白色的烟云
难不成太阳也抽烟

如是真的
他抽得比我厉害
我将烟缸放到窗台上
没有接到他弹下来的烟灰

戒烟①

我背着风

点燃一支烟

吸一口

转过身

呼出的烟，很快

被风吸走

我又吸一口

呼出

又被风吸走

出于善意

不让风染上烟瘾

从那以后，我

停止了抽烟

---

① 这是一首拾得诗，根据网络流行的"我在阳台抽烟，风抽
一半，我抽一半，我没跟风计较，可能风也有烦恼吧"所得。

起步

我跳起身子
脚印，留在了土里

边上那块小石
就像一个句点

告知，此程
已结束

如要前行
立刻重启

晨练

清晨，阳光
刺破了东边的云
路，醒得非常准时
零散的落叶
还是昨晚的样子

我开始扭动腰身
扩胸展臂
不知它们
能否闻到
我呼吸的味道

晨跑

秋天的清晨
秋天的色彩
秋天的味道
都在，那些
花草树木中
都在，比我醒得早的鸟声中

我穿好跑鞋
按规划路线，出发
那是一条
我们每天傍晚
漫步的林间小道
这条道，没有车来人往

只有脚下的落叶
和照亮天空的小河
听着我们在说银杏树林

那时感觉，路太短，不一会
就到了夕阳口，趁着霞云
散尽时，我们带回一束彩色的余晖

此时，我开始加速
没跑出几步
就觉得这条路很长
跑不到尽头
氧气，不够我呼吸
像风一样从我身边飘过

温度

炎热
不是夏天的本意
是太阳
点着了火炉
烧烫了空气

冰寒
不是冬天的凛冽
是月亮
开放了寒宫
冷冻了大地

时气

晨晓秋深

雾冷中

露知草绿

日升空

时色

开门望去
满目是青绿
再跨出去
金黄银杏
田里收稻谷

天上蔚蓝
云空疏
光落枝间
风来搅和声与色
不缺一叶枯

时间

我到了那里
没有搞清
嘀嗒的声音
来自哪里
但我清楚地
感觉到
她就在
那声音的里面
没有停过
一直在
前进

时间中

我走上了
一个人走的路
环形的，外围都是树
还有，按季生长的花草
从上空洒落的光
带着影子
掉在路上

一阵风吹过
晃动几下
静静的
没有意识到
我的脚，竟然踩着
踩不住的
时速

将来

从前已经很远
别去打扰
将来就在
现在的前面
可我
怎么到不了

现在

起远古
始近代
无论慢快
它，从未去过
将来
也不会，回到
从前

明天

天天说
明天
有谁见过
又有谁到过

无非是
今天，安慰昨天
撒了一个
天大的谎

我是时间的时候

时间在后面，很慢
以24小时0公里的速度
等我从昨天的
门口出来

它在前面，很快
以每小时百公里的速度
将我送到
明天的入口

走远的时间

摆锤
不快不慢
左右摆着

指针
不争不抢
打圈走着

钟点
不早不晚
按时敲响

我
站了许久
忽然望去

时间已经
走出了
很远

生活

我
出生后
一直在做

我出生后
一直
在做

我出生后一直
在
做

昨天做了
今天继续做
明天还会做吗

乞

赶着上街的脚步，那些
皮鞋、高跟鞋
运动鞋、凉鞋、拖鞋
我放低视线
在脚步的交错之间

在路沿上，席地坐着
酷似一堆破布
一根竹竿，靠墙放着
低着蓬乱的头发
手里托着手机

一个生人

刚才的热闹
一下子平静了
好像发生了什么
站立的，转过身
坐着的，站了起来
说话的，停止了说话
比画的，停止了比画
其实，我根本不感兴趣
他们要做什么
从他们注视我的情形
就知道
他们的此时
一定与我有关

故事中人

很多故事
每一则
都在偶然和
必然之间发生
其中有你
有我
还有每一个人
背后的身影

女人、男人与狗

狗在前
女人在后
遛狗，散步
慢慢悠悠停停走走
女人牵着狗

女人在前
狗在后
散步，遛狗
绿草落叶夕阳清风
狗牵着女人

狗，后面
还有一个男人
尾随，散步
多半是狗前面的
女人的丈夫

墙缝草

墙上，长出
几根细长
叫不出或根本
不需要名字的
草

这与选择无关
土地被墙占据的时候
不妨尝试
墙缝

失忆症

他，瞬间慌了神
将口袋的里外
摸了个遍
手机？被人偷了
他急匆匆
到民警值班室报案
民警看着他手上的手机
安慰说："不要急，
你肯定
手机被偷了吗？"
"我肯定。"
"你能联系家人吗？"
"能。"
他打开手中的手机
看着屏幕显示的
一条又一条微信
"联系上了吗？"

他仰起头
松散的目光
看了看周围
疑惑，茫然
"你们，
是谁？
怎么会在我家里？"

瘪气

骑上公路不久
觉得不对劲
我停车，察看
前轮胎瘪了气
修车铺不远
门口有六个人
四个坐着，打牌
两个站着，观战
我将车推了过去
"老板，帮我修下车。"
没有回应

车铺里面
坐着一个中年男人
表情漠然，没看我一眼
桌上墙上地上
都是修车的工具和零件

杂乱，浓浓的机油味
"老板，帮我修下车。"
"现在不修，下午过来。"
那个背对我，坐着打牌的人
看着手上的牌，说
"打气筒就在门口。"

买肉

时已中午
集贸市场，很静
我走到卖肉的铺位
摊桌上只剩一块
肥瘦分明的肉摆着
我拉开嗓门
"这肉多少钱一斤？"
"廿咯块。"①

我往四周扫视了一下
没见人，哪来的回答
一位四十来岁的妇女
从叠在一起的大箩筐后
慢慢地走出
小碎花、暗红色的布衣

———————————

① 上海方言：26元。

身前围着围裙

黑黝黝的圆脸，苍老

盖过耳朵的短发，散乱

她，就是卖肉的老板

用刻着深深皱纹的眼睛

打量着我

"要伐？要么，

便尼点拨侬，廿唔块。"①

她粗糙的手一把抓起肉

就往左手拿着的塑料袋里装

"嗨，不要那么多。"

还未等我比画要多少

她的右手已将刀举起

"刷"，落下，前后一划

肉，硬生生地被分成了两半

我看看被切开的肉

再看看那把厚重的刀

她竟然，挥举自如

"好吧，给我这块。"
_____
① 上海方言："要吗？要的话，便宜给你，25元。"

她将肉放到电子秤上

"九什切块唔，拨九什切块好了。"①

我还未还价，就直接扣掉了五角

"可用支付宝吗？"

"唔么支付宝，拨已金。"②

我给了现金，提着肉，离开了铺位

身后，不知什么时候，跟着一条小狗

---

① 上海方言："97元5角，给97元好了。"

② 上海方言："没有支付宝，给现金。"

牧羊

一群白羊
在树林里快乐地吃草
我悄悄地走过去
对着那头领头羊
轻轻地说："不要吃了，
减肥。"
"咩"，叫我闭嘴
我指着那个方向说："赶紧逃！"
"咩，咩"，叫我走开
竟然还转过身
翘起尾巴，对着我
拉出了一粒粒的屎
"好，我告诉你
听不听由你，
昨天就有一头
像你一样肥壮的，
被烧烤了。"

隔着窗户往外看

不开门
把自己锁在家里
隔着窗户往外看
昨天到今天
街上都无人

寂静的天空
如同张开的网
路面、楼、商店
都在网中
纹丝不动，凝固

那些灌木花草
微红的
黄绿的
点点片片
在伸展

笔直

一条笔直的路，很长
我在笔直地走，很慢
路旁的树
笔直地向上伸展
我抬起头
一道笔直的目光
划开天空

明亮
蓝色，调和
几块零散的白，不动
被树梢笔直地牵着
小鸟弯曲地飞过
没有搅断
笔直的风向

河

清澈
显映着
对大地的
诚信

柔软的水流
承载着
对两岸乡土的
担当

非风景

远处风景
邀请她
近处草木
围着我

看风景

看景的人坐在车里
车，被堵在路上
前不见头
后不见尾

或许要下雨
等着，看
这道风景的风景
成风景

雪的想象

傍晚下的雪
不知什么时候
走了，今早
枝叶上
还有一点点
是执意要留下
看日出的
不幸的是
日，刚刚露面
它们就被慢慢地
照化了

雪没有来

天空，灰蒙蒙
透着一股冰寒
微微的几滴小雨，感觉
雪，就在不远的路上

花草在等
枝叶在等
路口的红绿灯在等
整个城市在等

一夜过去
雪，没有来
倒是晨，力很大
举起了太阳

台风

凶猛，超出了想象
连续地，扑来

我没有理它
关紧了门窗

等我再次打开
它不见了，绕道去了

哪里
我不知道

可是，天空
已经被它吹破

狂暴的雨
砸个不停

台风的尾声

没有昨天那么张狂

大海的浪

蔫了风

把雨挡住

雨下得猛，下得狠
没多少时间
马路成了河
田地似汪洋

看着这般雨水
碰撞门窗的疯狂
听着这般雨声
敲打着行人的嚣张

要不是有风
我会，撑开伞
把雨，挡在
千里之外的天上

好雨

吹开云幕
迎面风
雨
随后

打落
无数尘土
流入
阴沟

天
透明
地
清亮

梅雨季

空气
阴沉，潮湿
心情
被泡在水里
外面
里面
雨
雨
雨

雨停了

雨，下了一天
晚饭后，停了
外出的行人越来越多
还有他们的小狗

那边的广场，在起舞
歌声断断续续地绕过，风
与湿湿的清新的空气
携着灯光，在街上散步

雨又下了

云的深处在煎熬
从未感觉到的急躁
忧愁，一分一秒
变得如此的难过

花开的时候被花瓣倾倒
一地色彩被泥土骚扰
空中又来了
阴云的糟糕

晴天不守信，没有露面
满满情怀的许诺
竟然被细细的雨
层层滴落，很潮

立春

我一步一步
走到田边
鞋上沾满了
早晨的气息

是昨天的雨
锤醒了
沉睡的土
一株株嫩芽，露出

直
直的
望着
上空的太阳

春色

是这个季节
草木枝叶
一时间

深绿
浅绿
嫩绿

被泥土抬起
被蓝天收住
与阳光的颜色交集

叶

枯叶
老叶
轮流落下
撞到地面，没有后悔

风来时，跟着风
想去更远的地方
雨来时，点在叶面上
刚开始，还能听见滴滴声响

到后来，全都沉入土壤
落叶，开始腐烂
数月过去，春来了
太阳来了，树林活了

鸟，爬虫来了，它们
不在乎它们，会长出
什么样的颜色
黄叶还是绿叶

做媒

围栏处
两棵银杏树
间隔很远
只凭感觉，你情我意
看得出，无缘眷属

日落相思，日出相望
即便各自有落叶相许
也难以亲近，除非有风
偶尔，将几片吹到一起
短暂，又各归尘土

"宁拆十座庙，
不毁一桩婚。"
我动了恻隐之情
拿起铁锹
将较小的一棵

连根挖出
移种到较大的身边
靠得很近，浇上水
让水渗透到它们的根部
待将来，成一体
不会再分离

夏至

莲叶河塘
荷花醒
蛙鸣声声

夏，赶来
踩出了一片片
太阳的身影

夏日午餐

时至午餐
来到厨房
锅盆盘碟忙作响
做一碗今夏热汤

筷子间
夹着汗，送到嘴边
心也发烫
天，迟迟不来清凉

蜕皮

夏日的太阳
落在身上
像手术刀
将衰老的皮肤
从肉体的表层剥离
透出鲜红
有烧灼的痛感
没有一点怨言
我知道，这是老肤
以死亡的代价
换来了细胞的修复

避暑

一潭水
一群鸭
岸上一排竹篱笆

日当头
人不见
小路几弯有阴凉

雷雨前

大地，依然
揉进炙热的月份
跟着闪电
乌云层层

蜻蜓，低空飞集
我将关闭的窗户重新打开
"你如无去处，进来吧，
雨点已经落到了头顶。"

橘子

院里有一棵橘子树
去年的橘子
只有六七成熟时
全掉到了地上
一个都没有吃到

想起来，当初
在掉到地上之前
就应该
先吃几个，哪怕
比柠檬还要酸

现在，看上去
枝叶间，挂满了橘子
只是，还没有长大到
去年的个头，在光合作用下
发出了深绿色的油亮

要是，它们
不掉落的话
我想，只需几天
就会长成一个个
太阳般的金黄

河边白鹭

几只白色的鸟
在河边觅食
长长的脖颈
长长的脚
沿着河岸
一步一步地寻找

从树缝挤进的光影
连着河岸，河面
连着白色的羽毛
当你靠近它们时
就会飞走
飞得比我视线还高

秋凉

夜睡长
日醒短
朝阳升起
东方先亮
露水草尖上
晨雾绕着稻金黄

蟋蟀声几下
送走蝉鸣
天边看
云入高寒
需添衣裳
暖秋凉

秋风

枫红
烧熟的
秋容
色相正浓

在蓝白下
翻动
引无数鸟
向天空

啄开云边
飞走
委屈了
蝉声

独自
滞留
在林间
避风

秋离

我抓住了
动了动的，后来
一动不动的秋
就平躺在
冬天的门口

逃离季节

我逃离了春
没逃过夏

我逃离了夏
没逃过秋

我逃离了秋
没逃过冬

我逃离了冬
想必可以安身

不料，又吹来
一股春风

田间

稻田，已积满了水
闪着比天空
明亮的光芒
三四个人在那里劳作

时而，几只白鹭
在他们头顶飞来飞去
一会儿停在地里
一会儿落在田埂上

我远远地望着
羡慕那幕场景，羡慕
通往农家路上的
那排绿荫

我轻轻地靠近
就在白鹭着落过的地方
面对阳光，采了一支
透明的狗尾巴草

品茶

空气里
弥漫着
甜香
我知道
是来自那棵树
枝干上
一串串
碎粒般的
小黄花

我摘下几粒
放入杯中
盖上盖
摇晃几下
水与花的交融
酿成桂花茶
打开
当作酒
谁与品尝

下午茶

煮的咖啡
喝的是浪漫
就淳朴而言
不如清茶

少年相聚老年时

就是这条街，曾经
走着少男和少女
天上，那个太阳
愣是看着他们
莽撞和迷茫
知又无知
纯又单纯

长大了
当时那种懵懂
拘谨的模样
已成现在的怀想
聚在一起
出言笑语
乐其中

乘大巴的旅游

大爷大叔大娘大婶
双肩包挎包手提包行李箱
叫声笑声说话声
一阵阵，登上大巴

"我要坐前排我要坐靠窗我会晕车"
找座的坐下的走动的放行李的
车厢似乎习惯性地包容
低俗的高雅的恶意的善良的人们

"这两个号是我们的座位
请你们坐到你们自己的座位上去"
"那边几个，都是空的
你们，坐那里好了"

"那是其他乘客的座位"
占座的没有让位的意思
大巴启动了，随着车轮
与地面的摩擦声，我闭上了眼睛

鞋

沿着弯道
一定会被曲线迷住
不如将鞋脱下
让它自己走

寻鞋启事

一双球鞋
原本在球馆
那排坐柜里歇着
好久没有运动了
其中一只，不甘寂寞
越柜出走
留下的那只
很是忧伤
如有见过出走的那只
电话联系
520520
重谢

1980年代

在现场，但
无缘
进入

一只脚
在围栏上
另一只
踩着泥土
像是
没有吃饱

渴望
有片面包
塞进大脑

知青

那个年代
有个名字叫"知青"
单纯与光荣
幼稚与激情

会写字，会读书
本该是最知识的青年
却勇敢地放弃了学业
上了山，下了乡

那种艰难
苦涩与顽强
填塞着坚定的信仰

那轻小的身架
在干枯的戈壁
在茫茫的草原

在荒芜的田野
犹如扬起的一粒尘灰

只要有风，就算是微风
也会将其吹化成
曾经踩踏过的
泥泞和干涸

谁也不会在意
随着日历
这一页，被撕掉
它也慢慢地被淡化

只是在那时的记载中
还存留着
这两个字的
笔画和读音

大海

太阳起床
向大地
泼了一盆
洗脸水

海风

向涛浪走去
踩着大海的键盘
任由他
一次又一次地
撩起，你
蓝色的裙边

海阳

天空
放出蓝色的亮
在柔软的海面
照见渔船
起航，张网
回航，收网
满载着西下的
太阳

海花

海面
起伏涌动
一排排浪
来到跟前

白色绽开
花形，海的曲线
花瓣，飘向岸边
花心，隐入沙滩

在她开过
又谢的地方
我闻到了
海里的蓝香

海滩

几个小孩蹦跳着
追逐退回大海的潮水
而后坐下，还有站的
等着海浪向他们身上冲来

浪来了，他们被冲倒了
浪退了，他们站了起来
高喊着，"来了，来了"
这次，他们索性钻进了浪里

一排排沙滩椅，面朝大海
穿着泳装的女人和男人
在遮阳伞的阴影下
躺着，坐着，说着

喝着塑料瓶里的矿泉水
吃着各种零食、水果

阳光下，那边沙滩上
白色的塑料袋特别刺眼

浪，冲上来又退回了大海
黄色的，平平整整的细沙
就在脚下，许多小螃蟹
迅速地钻进沙里

沙滩摩托，就从那里
隆隆地驶过，留下
两道清晰的车辙，不知那些
小螃蟹是否躲开了碾压

靠近陆地的沙土里，长着
一种绿色的植物，细长的
匍匐在沙面上
努力地，向海的方向爬行

一块黑色和枯木色相间的根桩
竖立在那里，粗犷的流线型
是昨天退潮时，留下的
大海雕像

不算失约

约好，凌晨5:00
在海边
我按时到了
等了两个小时
他，没有出现
后来知道
那天，他被云
拦在了地平线的
后面

林间小屋

树林枝叶下
有间小屋
红瓦灰墙

院子的尽头
错落着几个花盆
长满了野草

一条大路，几米处
沿着小屋的西侧
南北向，延伸

时而有车自远处奔来
驶过河边的芦苇
小鸟从里面飞出

几只，飞到小屋门前

门上的铁锁丝毫未动
锈色厚重

无论春夏秋冬
静静地守着大门
还有沿大门两边竖起的围栏

鸟，跳了几下，飞走了
夜慢慢地降落，小屋
还是那样，一声不响

重返小屋

居室久空
尘满家具

虫虫处处出没
味，有些霉

屋里屋外
扫清了尘污灰垢

藤蔓，围栏，小河流
东墙边，半分菜地

鸟栖庭院，树丛中
屋檐外，露天桌椅

茶，书，
日落

工作

女儿用微信
给父亲发来一条信息
公司老板对她说
"好好干，过完年后
给你涨工资"

这是好事
说明女儿有资本了
可是，她不这么想
非但不觉得高兴
反而觉得担心

父亲问，为何
她说，"第一
现在是特殊时期
第二，涨了工资后
工作的压力也会涨"

这话听起来觉得怪异
但似乎又有点道理
毕竟，她有自己的选择
"其实"，她接着又说
"是我，不想干了。
想退休，
回家休息。
我找工作，只是想
找个地方
待着。"

年轻人离家打工去了

阳光
不受阻碍
洒向天南地北

这里，落到房顶
还撞到了
关着的门窗

落到院墙
旁边，那条
通向城市的小道

像是来客
每天按时到访
昨天，前天，都如此

而今天，有幸
一位老人，正好
在那里

空巢

一路前行
路边的房子
都是新建的，二层楼
装修风格各不相同
看得出，当地的
风俗人情

白天，门窗
紧闭，无人进出
落叶，盖着砖瓦
院里，鸟起鸟落
楼前的田地，草丛生
人，不知去了哪里

即将到站

忘了少年
什么模样
为此，耿耿于怀
感叹季节轮换

那么短暂
不知不觉
乘坐的列车
正在靠站

车厢里的广播响了
"请您携带好
自己的行李物品，
按次序下车。"

有人下了车
列车继续前行
下一站，肯定有人
会下车，但不是我

独不孤

孤不纵情
独可尽兴
无我，顺其心
与己同行

第三辑

平常人家

家

门槛
拦不住
屋檐雨

窗帘
围住了
笑语

家庭成员

母亲，叫"么舌–应–劳"①
敬称，丈母娘
父亲，叫"法石–因–老"②
尊谓，老丈人

他们的女儿
叫"桃忒"③
惠称，闺女
嫁给了我

后来，我们有了自己的女儿
传统地，给了一个名分
称呼，新娘
回到娘家，带来一个"生–因–老"④

————————
①②③④ 均为英语音译，么舌–应–劳（mother in law），法
石–因–老（father in law），桃忒（daughter），生–因–老(son
in law)。

平常人家

今夜的美丽
在遥远的夜空
弥散着神话中的想象

我怀疑
天上的人
也会有那种浪漫

圆月，有情调
但不如自家的灯火
更有情感

进入故事

听外婆讲
老早的故事
外婆的外婆
在故事中
去世
妈妈在故事中
继续

故事长大了
妈妈长成了外婆，讲着
外婆讲的外婆的故事
不知不觉
把我，讲成了
外婆故事中的
故事

成功逃离

楼上传来几声惊叫
大哥第一时间冲上楼梯
是小妹，吓得蜷缩在床头
指着墙角的衣柜底下
"一只大老鼠！"

大哥将几张长凳放倒
凳面连成包围圈
趴下，紧贴地板，一只手
伸进衣柜与地板的间隙
想徒手抓住它

第一次，手缩了回来，有点哆嗦
第二次，鼓起勇气往深处角落
一阵盲搜，恨不得，将眼睛
也塞进去，意外发生了
大哥猛地跳了起来

像疯狂的迪斯科
从楼上跳到楼下，老鼠
从他袖管进去，从裤腿
他的脚背上出来
不知去向

教说话

外婆带着她
时不时地，对她说
"外——婆"
她动了动小嘴唇
"a，p"

奶奶带她时
委婉地，对她说
"奶——奶"
她张开小嘴
"ne —— ne ——"

爸爸抓着她的小手
甜甜地，对她说
"爸——爸"
她挣脱了爸爸的手
"哇"地哭了

妈妈抱着她
亲了亲，对她说
"妈——妈"
她搂着妈妈的脖子
"咯咯" 地笑了

小花猫"扑"地
跳了过来
仰着头
对着她的笑声
来了一句"喵呜"

摔倒后

一个男孩
"啪"一声
重重地
摔倒在地，很久
站了起来
向着前方
又迈出一连串小步
在穿过路口时
他甩掉了身上
几粒尘土

吃面

少拿一根筷子
男友去消毒柜里
再取一双，返回
途中看到，女友
将他碗里的肉
夹出，往她自己碗里放
还将面条翻上来，盖住
看上去
面上只有两片

男友很是不乐
正有分手的想法时
女友把放满肉的面
换到男友桌前
男友回到座位，坐下
当作什么都没有看见
拨开面，夹起肉，塞进嘴里
抬起头："你碗里好像没有肉。"
女友微微一笑："我在瘦身。"

新年第一天的晚饭

与往常一样，下午
运动结束，回家
路上，寒风飕飕地
灌进衣领，很冷

灰白色天空
流出了一丝光亮
几只飞鸟，在前面掠过
我无意去看
会停落到哪里

电动车加快了速度
到了家，刚进门
听见的第一声
"帮我去取一下快递"
我退了出去

下楼去取了快递
再次进门
她在厨房
第二声飘了过来
"新年第一天，晚饭
就让我吃这个"

我随口应答
"要不，叫几个外卖"
"算了"
在这第三声里
我闻到了碗筷的怨言

家事

1

炒菜的油要买了
酱油要买了
料酒要买了
白糖还有一点
醋盐要买了
葱姜蒜要买了
菜篮子还是空的

2

地板上有尘灰
饭桌上残羹碗筷
灶台还未清理
油烟机黏糊糊的
冰箱打开有股异味
洗衣机里脏衣服已满
抽水马桶好几天没刷洗了

3

快递到了，你去取一下
没有凉开水了，你去烧一壶
烧焦的汤锅，你去洗一洗
抽屉里的剪刀，你去拿一下
少了一只袜子，你去找找
那件红色的外套掉了一个扣子
窗台上的花要浇水了，蔫了

4

生日要我送她礼物
情人节要我送她玫瑰
元宵节要我煮元宵
三八节要我给她红包
国庆节要我陪她逛街
中秋节，月趴在窗沿
她，看着我，我，看着她……

开在彼岸的彼岸花

彼岸花瓣
如丝的柔软
花姿妖娆

那片绿叶
始终在彼岸
欲相见，知无望

却又从不放弃
执着的追随
或许，某一天

(纯属想象)
绿叶，赶上了
花开的时间

分享

如不能
与你分享
我余下的时间

那就让
余下的时间
分享你

那种感觉

是，感觉
就是，那种
那种
碰见你后的，那种
反正，就是
那种感觉
那种
感觉有感觉的
那种
感觉

路口

红灯亮着
很多人
站在路的那边
看着红色的信号
等绿灯，这边
我在看他们
想看到，他们中
是否有她
在看我

这辈子

我将照顾你的
时间，拆散
放进
每一分钟的
起点与终点
之间

单身

谁在此时
望夜空
对岸月下无声

有一人
推开门
独自开床灯

移位

深夜了，她
还没有回家
因为，她
和他在一起

深夜了，我
还没有入睡
因为，我
在等她回家

借酒

他拿起酒杯
没有马上往嘴里送
摇晃了几下
两眼直勾勾地盯着
杯中透明的液体

然后，"酒"
连着低沉的发音
一起倒入口中，喝尽
杯见底，没抬头
吐出很多带酒味的话语

我看着他
没有完全听懂
但明白
酒
是个好东西

迟归

日谢匆匆
屋内还未上灯
收工的老少爷们

在往回赶
听声音
正朝这边来

有说有笑
从眼前走过
各自进了家门

我，等的
那一位
还未归

迟到

急匆匆
上了这趟地铁
到站，下车

才知道
她刚刚离开了
我们约定的地点

听歌

我一直
思念的人
发来一首
她自己演唱的歌
歌名《思念》

这次，我戴上了耳机
生怕，被别人听去
拐走了
歌里唱给我的
声音

回家前发个信息

不管白天
还是黑夜
不管风雨
还是阴晴

记得
回家前，发个信息
我，在老地方
等你

另一半

一个黑影
慢慢走到
白影旁边
谁是谁的影子

光，离去
一片昏暗
蒙蒙的
白去了哪里

其实，哪里也没去
一直就在，想离开
又无法离开的
我的我身边

二维

时间跨度
她，向我走近

空间距离
她，和他靠近

要是时间因她而断裂
空间也会因她而坍塌

重影无声

夜幕

紧闭，你

笑容与温存

在灯下

重影

无声

今夜

她给我一满怀
温柔，正好
我有一屋子
拥抱，就这样
我们度过了
没有一句话的
夜晚

夜里小屋

夜，一下子
挡在眼前
飘来一层微微的
寒意
树林里边
有人家

灯光正亮
穿过门窗
到篱栅
静如油画
画中有他
在等她

那天的雨

那天，雨，来得突然
她，我
避雨屋檐下

雨，停了
她走了
我离开了

今天，又雨
我打开窗户
雨伞，行人

那个她，会不会
就在行人中，会不会
又去了那个屋檐下

红衣孤行

清苑绿丛
一点红
是独行悠客
步随心从

时而回头
时而弯腰问柳
借得花
香正浓

故意被风
带走
飘入云空
不停留

直到日落
靠近
最静的时候
入梦中

乱码

今天她起得特别早
和往常一样
他问她早餐想吃什么
她说,不吃了
马上要出去

他做了自己的早餐
吃完
煮了一杯咖啡
走进书房
在电脑前坐下

她在化妆
女人出门都这样
这次,他觉得有点异常
原本清幽的香水味
掺杂着一股浓烈的幻想

他的咖啡在桌上颤颤
联想到近日
她都是午夜回的家
回家后不停地划着手机
他，似乎，一个
摆在床上的布娃

他的手指
盲目敲了几下键盘
屏幕上出现一串乱码
这首本已写完的诗
就此，多了这一行

未知的人

走来时
一个照面
似曾相识

离去时
一个回头
没有停留

有情人

遇到你

感激你

百年太长

今日，明夜，他时

只要有你

这杯茶

不会凉

婚纱照

新娘坐在花台上
一脚踩着地
另一脚曲在花丛间
摄影师对新郎说
"半俯上身，慢慢地拥抱。"
新郎照做了，怎么试
都很别扭

就在这时
摄影师看到
新娘和新郎后面不远处
有对老年夫妇也在拍照
他冲着他们说
"你们可以离开一会吗？
我们在拍婚纱照。"

正当老年夫妇要离开时

新娘坐不住了，站起身就走
新郎托着婚纱跟在后面
此时，老年夫妇忙着摆型
连续的快门声后，老妇说
"记住了，要在照片上
加几个字——
结婚50周年纪念。"

图书在版编目（CIP）数据

物语无间 / 任锡平著 . -- 北京：国文出版社，
2024 . -- ISBN 978-7-5125-1661-8

I . I226

中国国家版本馆 CIP 数据核字第 2024YZ8135 号

物语无间

作　　者　任锡平
责任编辑　张　茜
责任校对　凌　翔
出版发行　国文出版社
经　　销　全国新华书店
印　　刷　北京鑫瑞兴印刷有限公司
开　　本　880 毫米 ×1230 毫米　　　32 开
　　　　　7.875 印张　　　　　　　100 千字
版　　次　2024 年 11 月第 1 版
　　　　　2024 年 11 月第 1 次印刷
书　　号　ISBN 978-7-5125-1661-8
定　　价　69.80 元

国文出版社
北京市朝阳区东土城路乙 9 号　　邮编：100013
总编室：（010）64270995　　传真：（010）64270995
销售热线：（010）64271187
传真：（010）64271187-800
E-mail：icpc@95777.sina.net